www.loqueleo.santillana.com

loqueleo

SAPO Y SEPO INSEPARABLES
Título original: Frog and Toad All Together
Traducción: María Puncel

2017, Santillana USA Publishing Company, Inc.
2023 NW 84th Avenue
Doral, FL 33122, USA
www.santillanausa.com

Cuidado de esta edición: Ana I. Antón
Montaje de esta edición: Grafi(k)a LLC

Loqueleo es un sello de **Santillana.** Estas son sus sedes:
Argentina, Bolivia, Chile, Colombia, Costa Rica, Ecuador, El Salvador, España, Estados Unidos, Guatemala, México, Panamá, Paraguay, Perú, Puerto Rico, República Dominicana, Uruguay y Venezuela

ISBN: 978-1-63113-951-2

www.loqueleo.santillana.com

Published in the United States of America
Printed in Colombia by Editora Géminis S.A.S.
20 19 18 2 3 4 5 6 7 8 9

Sapo y Sepo inseparables

Arnold Lobel

Ilustraciones del autor

loqueleo

Para Bárbara Dicks.

Índice

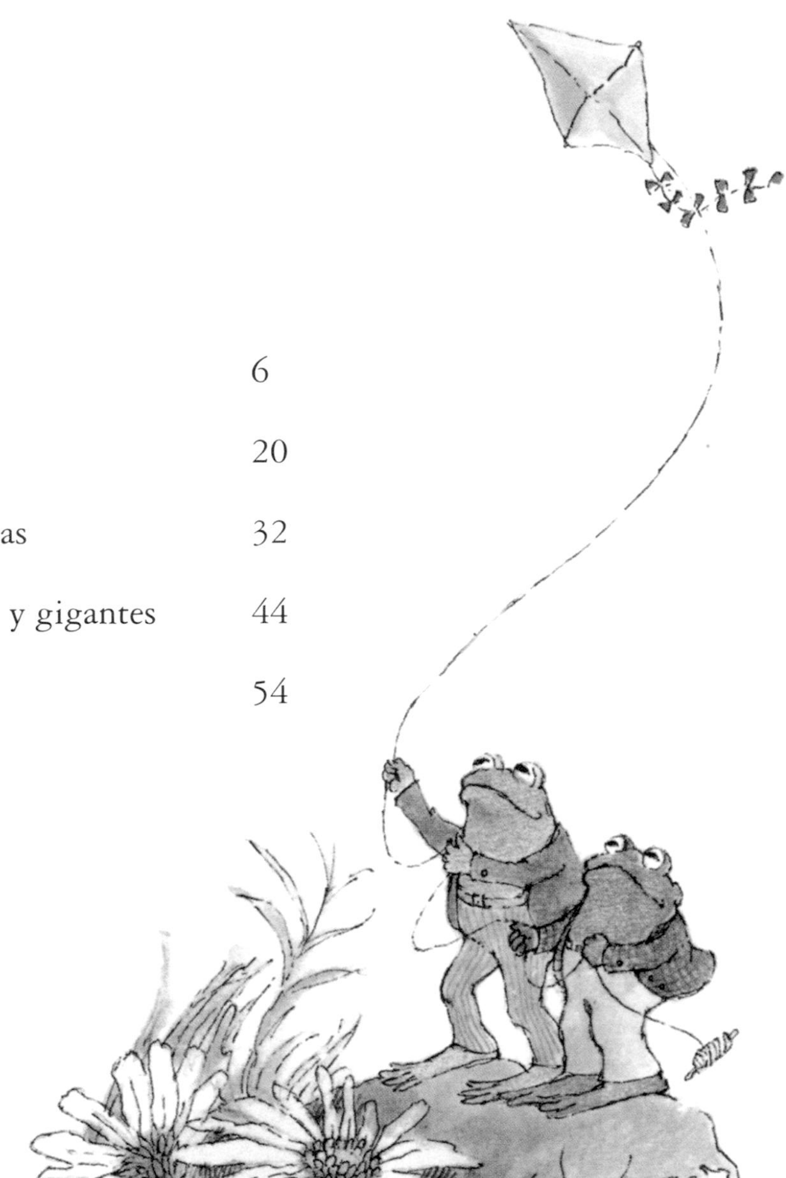

Una lista

Una mañana Sepo se sentó en la cama.

–Tengo muchas cosas que hacer –dijo–. Las escribiré en una lista para que no se me olviden.

Sepo escribió en una hoja de papel:

Lista de cosas para hacer hoy

Luego escribió:

Despertarse

–Ya lo he hecho –dijo Sepo y lo tachó:

~~Despertarse~~

Después, Sepo escribió más cosas en el papel.

Lista
de cosas para
hacer hoy

~~Despertarse~~
Desayunar
Vestirse
Ir a casa de Sapo
Dar un paseo con Sapo
Almorzar
Siesta
Jugar con Sapo
Cenar
Dormir

–Bueno, ya está –dijo Sepo–. Ahora ya tengo apuntado todo lo que tengo que hacer hoy.

Se levantó de la cama y desayunó. En seguida, Sepo tachó:

~~Desayunar~~

Sepo sacó su ropa del ropero y se vistió. Después tachó:

~~*Vestirse*~~

Sepo se metió la lista en el bolsillo. Abrió la puerta y salió. Hacía una hermosa mañana.

En seguida Sepo llegó a casa de Sapo. Sacó la lista del bolsillo y tachó:

~~Ir a casa de Sapo~~

Sepo llamó a la puerta.

–Hola –dijo Sapo.

–Mira la lista de cosas que tengo que hacer hoy –dijo Sepo.

–Oye, Sepo –dijo Sapo–, es una lista estupenda.

Sepo dijo:

–La lista dice que iremos a dar un paseo.

–Muy bien –dijo Sapo–. Pues vamos.

Sapo y Sepo se fueron a dar un largo paseo. Después, Sepo volvió a sacar la lista de su bolsillo y tachó:

~~*Dar un paseo con Sapo*~~

En ese momento empezó a soplar un viento muy fuerte. El viento arrancó la lista de las manos de Sepo y se la llevó volando por los aires.

–¡Socorro!, –exclamó Sepo–. Mi lista se va volando. ¿Qué voy a hacer sin ella?

–¡Deprisa! –dijo Sapo–. Corramos a atraparla.

–¡No puedo! –gritó Sepo–. No puedo hacer eso.

–¿Por qué? –preguntó Sapo.

–Porque –se lamentó Sepo–, correr detrás de mi lista no es una de las cosas que tengo escritas en mi lista de las cosas que tengo que hacer hoy.

Sapo corrió tras la lista. Corrió por valles y colinas pero la lista volaba más y más lejos...

Por fin, Sapo volvió adonde estaba Sepo.

–Lo siento –jadeó Sapo–, lo siento, no he podido alcanzar la lista.

–¡Qué desastre! –dijo Sepo–, no me acuerdo de ninguna de las cosas que había en mi lista de las cosas que tenía que hacer hoy. Tendré que quedarme aquí sentado sin hacer nada –dijo Sepo.

Sepo se sentó y no hizo nada.

Sapo se sentó a su lado.

Después de un largo rato, Sapo dijo:
–Sepo, está oscureciendo. Ya deberíamos irnos a dormir.

–¡Dormir! –exclamó Sepo–. ¡Esa era la última cosa que estaba escrita en mi lista!

Sepo escribió en el suelo con un palo:

Dormir

Y luego tachó:

~~Dormir~~

–Bueno, ya está –dijo Sepo–.
¡Ya he tachado la última cosa
que tenía que hacer hoy!

–¡Cuánto me alegro!
–suspiró Sapo.

Y en seguida, Sapo y Sepo
se fueron a dormir.

El jardín

Sapo estaba trabajando en su jardín. Sepo pasó por allí.

–¡Qué jardín tan bonito tienes, Sapo! –dijo.

–Sí, –contestó Sapo–. Es muy bonito, pero da mucho trabajo.

–Me gustaría tener un jardín –dijo Sepo.

–Toma, aquí tienes unas semillas. Siémbralas en la tierra –dijo Sapo–, y en seguida tendrás un jardín con flores.

–¿Cuándo es en seguida? –preguntó Sepo.

–Muy pronto –le contestó Sapo.

Sepo se fue deprisa a su casa y sembró las semillas.

–Ahora, semillas, –dijo Sepo–, ya pueden empezar a crecer.

Sepo paseó de un lado para otro varias veces.

Las semillas no crecían.

Sepo se agachó, puso su cabeza cerca de la tierra y gritó bien fuerte:

–¡Semillas, empiecen a crecer!

Sepo volvió a mirar la tierra.

Las semillas no crecían.

Sepo pegó la cabeza a la tierra y gritó con todas sus fuerzas:

–¡EH, SEMILLAS, LES HE DICHO QUE EMPIECEN A CRECER!

Sapo se acercó corriendo por el camino.

–¿Por qué gritas tanto? –preguntó.

–Las semillas no crecen –dijo Sepo.

–Gritas demasiado –dijo Sapo–. Estas semillas están asustadas y les da miedo crecer.

–¿A mis semillas les da miedo crecer? –preguntó Sepo.

–Pues claro que sí –dijo Sapo–. Déjalas tranquilas durante unos cuantos días. Espera a que les dé el sol y a que les caiga la lluvia, y en seguida tus semillas empezarán a crecer.

Aquella noche Sepo miró por la ventana.

–¡Demonios! –dijo Sepo–. Mis semillas todavía no han empezado a crecer. Debe darles miedo la oscuridad.

Sepo salió al jardín con algunas velas.

–Les leeré un cuento a las semillas –dijo Sepo–. Así no tendrán miedo.

Sepo les leyó a sus semillas un cuento bastante largo.

Durante todo el día siguiente
Sepo les cantó canciones
a sus semillas.

Y durante el otro día
después del siguiente,
Sepo les leyó
poemas a sus
semillas.

Y durante el día que siguió al
otro después del siguiente,
Sepo les tocó
música a sus semillas.

Sepo miró la tierra.

Las semillas todavía no habían empezado a crecer.

–¿Qué más puedo hacer? –exclamó Sepo–. ¡Estas deben de ser las semillas más miedosas del mundo!

Y entonces, Sepo se sintió cansadísimo y se quedó dormido.

–Sepo, Sepo, despierta –lo llamó Sapo–. ¡Mira tu jardín!

De la tierra brotaban plantitas verdes.

–¡Por fin, mis semillas han perdido el miedo a crecer! –exclamó Sepo.

–Y ahora tú también tendrás un bonito jardín –dijo Sapo.

–Sí –dijo Sepo–, pero tenías razón, Sapo. Un jardín da muchísimo trabajo.

Las galletas

Sepo hizo unas galletas.

–¡Qué bien huelen estas galletas! –dijo Sepo.

Se comió una.

–Y saben mejor todavía –dijo.

Fue deprisa a casa de Sapo.

–Oye, Sapo –dijo Sepo–. Toma, prueba estas galletas; yo las hice.

Sapo se comió una galleta.

–¡Estas son las mejores galletas que he comido en mi vida! –dijo Sapo.

Sapo y Sepo se comieron, una tras otra, muchísimas galletas.

–¿Sabes una cosa, Sepo? –dijo Sapo con la boca llena–, deberíamos parar de comer. Nos vamos a enfermar.

–Tienes razón –dijo Sepo–. Vamos a comernos una galleta más y ya paramos.

Sapo y Sepo se comieron la última galleta. En el plato todavía quedaban muchas más.

–Oye, Sapo –dijo Sepo–, vamos a comernos una galleta más y luego ya paramos.

Sapo y Sepo se comieron otra última galleta.

–¡Tenemos que parar de comer! –exclamó Sepo, mientras se comía otra galleta.

–Sí –dijo Sapo, tomando otra–, tenemos que tener fuerza de voluntad.

–¿Qué es fuerza de voluntad? –preguntó Sepo.

–Fuerza de voluntad –dijo Sapo–,
es proponerse en serio no hacer algo que
de verdad te apetece hacer.

–Por ejemplo, ¿proponernos en serio no
comernos todas estas galletas?
–preguntó Sepo.

–Eso es –contestó Sapo.

Sapo metió las galletas en una caja.

–Bueno, ya está –dijo–. Así ya no comeremos más galletas.

–Pero podemos abrir esa caja –observó Sepo.

–Es verdad –admitió Sapo.

Así que Sapo ató la caja con un cordel.

–Bueno, ya está –dijo–. Así ya no comeremos más galletas.

–Pero podemos cortar el cordel y abrir la caja –observó Sepo.

–Es verdad –admitió Sapo.

Así que Sapo trajo una escalera
y puso la caja en lo alto de la repisa.

–Bueno, ya está –dijo Sapo–. Así ya
no comeremos más galletas.

–Pero podemos subir por la escalera, bajar la caja, cortar el cordel y abrir la caja –observó Sepo.

–Es verdad –admitió Sapo.

Así que trepó por la escalera y bajó la caja de lo alto de la repisa. Cortó el cordel y abrió la caja. Sapo sacó la caja al jardín y a todo pulmón exclamó:

–¡EH, PAJARITOS, AQUÍ TIENEN GALLETAS!

Vinieron pájaros de todas partes, tomaron las galletas con el pico y se fueron volando.

–Ahora ya no queda ninguna galleta que comer –dijo Sepo con tristeza–. No han dejado ni una.

–Es verdad –dijo Sapo–, pero tenemos montones y montones de fuerza de voluntad.

–Te la puedes quedar toda, Sapo –dijo Sepo–. Yo me voy a casa... para hacerme un pastel.

Dragones y gigantes

Sapo y Sepo habían estado leyendo juntos un libro.

–Los personajes de este libro son valientes –dijo Sepo–. Luchan contra dragones y gigantes y nunca tienen miedo.

–¿Nosotros seremos valientes? –dijo Sapo.

Sapo y Sepo se miraron en el espejo.

–Pues sí parecemos valientes –dijo Sapo.
–Sí, pero ¿lo somos de verdad? –preguntó Sepo.

CUENTOS
DE HADAS

Sapo y Sepo salieron de la casa.

–Podemos probar escalando esta montaña –dijo Sapo–. Así sabremos si somos valientes.

Sapo empezó a trepar dando saltos de roca en roca. Sepo subía detrás de él resoplando y jadeando.

Llegaron hasta la entrada de una oscura cueva. Una enorme serpiente salió de adentro.

–¡Qué visita tan apetitosa! –dijo la serpiente al ver a Sapo y Sepo

y abrió su enorme boca.

Sapo y Sepo salieron disparados.

Sepo temblaba.

–¡No tengo nada de miedo! –exclamó.

Siguieron escalando y, de pronto, escucharon un gran estruendo. Un montón de rocas enormes rodaba montaña abajo.

–¡Es una avalancha! –gritó Sepo.

Sapo y Sepo se alejaron de allí a toda prisa.
Sapo temblaba.

–¡No tengo nada de miedo! –exclamó.

Llegaron a la cima de la montaña.
La sombra de un halcón planeó sobre ellos.
De un salto, Sapo y Sepo se escondieron
bajo una roca. El halcón se alejó volando.

–¡No tenemos miedo! –exclamaron al mismo tiempo Sapo y Sepo.

Bajaron la montaña a toda velocidad.

Pasaron corriendo por donde había caído la avalancha.

Pasaron corriendo por delante de la cueva donde vieron la serpiente.

Y siguieron corriendo hasta llegar a casa de Sepo.

–Sapo, me alegro muchísimo de tener un amigo tan valiente como tú –dijo Sepo.

Se metió en la cama y se tapó la cabeza con la colcha.

–Y yo estoy muy contento de conocer a alguien tan valiente como tú, Sepo –dijo Sapo.

De un salto se metió en el armario y cerró la puerta.

Sepo se quedó quieto en la cama y Sapo se quedó quieto en el armario.

Y se quedaron allí durante mucho tiempo, sintiéndose muy valientes.

El sueño

Sepo estaba dormido y empezó a soñar.

Soñó que estaba en un escenario y que llevaba un disfraz. Sepo miró hacia las butacas y allí estaba sentado Sapo.

Una extraña voz que venía de muy lejos dijo:

–¡LES PRESENTAMOS AL SAPO MÁS EXTRAORDINARIO DEL MUNDO!

Sepo hizo una reverencia. Sapo parecía encogerse cuando gritó:
–¡Bravo, Sepo!

–AHORA SEPO TOCARÁ EL PIANO MAGNÍFICAMENTE BIEN –dijo la extraña voz.

Sepo tocó el piano, sin fallar ni una nota.

–Sapo –exclamó Sepo–, ¿puedes tocar el piano así de bien?

–No –contestó Sapo.

A Sepo le pareció que Sapo se hacía cada vez más y más pequeño.

–AHORA SEPO CAMINARÁ POR UN ALAMBRE SUSPENDIDO EN EL AIRE Y NO SE CAERÁ –dijo la voz.

Sepo caminó por el alambre.

–Oye, Sapo –gritó Sepo–, ¿puedes hacer esto?

–No –murmuró Sapo–, que parecía cada vez más pequeño.

–AHORA SEPO BAILARÁ Y LO HARÁ MARAVILLOSAMENTE –dijo la voz.

–Sapo, ¿puedes bailar tan maravillosamente como yo? –preguntó Sepo.

No hubo respuesta.

Sepo buscó con la mirada por todo el teatro.

Sapo se había vuelto tan pequeño que no se podía ver ni oír.

–Sapo –llamó Sepo–, ¿dónde estás?

Tampoco esta vez hubo respuesta.

–Sapo, ¿qué es lo que te he hecho? –gritó Sepo.

Entonces la voz dijo:

–AHORA EL SAPO MÁS EXTRAORDINARIO...

–¡Cállate! –le gritó Sepo, y luego llamó–
Sapo, Sapo, ¿dónde te has ido?

A Sepo le pareció estar girando en la oscuridad.

–Vuelve, Sapo –pidió Sepo–. ¡Me sentiré muy solo sin ti!

Sapo estaba de pie junto a la cama de Sepo.

–Despierta, Sepo –dijo.

–¡Sapo!, ¿de verdad eres tú? –exclamó Sepo.

–Pues claro que soy yo –contestó Sapo.

–¿Y tienes tu tamaño de siempre?

–Pues sí, creo que sí –dijo Sapo.

Sepo miró la luz del sol que entraba por la ventana.

–Sapo –dijo–, estoy tan contento de que hayas vuelto.

–Yo siempre vuelvo –dijo Sapo.

Entonces Sapo y Sepo se tomaron un buen desayuno.

Y después pasaron juntos un día estupendo.

Aquí acaba este libro
escrito, ilustrado, diseñado, editado, impreso
por personas que aman los libros.
Aquí acaba este libro que tú has leído,
el libro que ya eres.